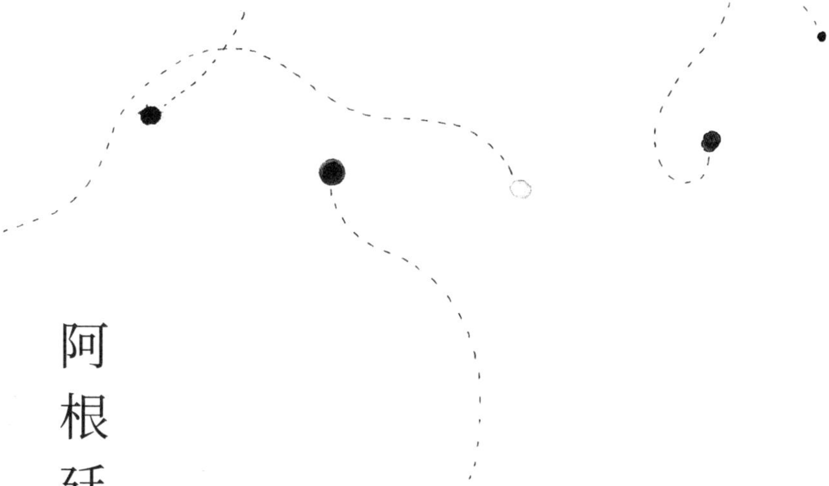

阿根廷婆婆

Banana YOSHIMOTO
feat. Yoshitomo NARA

アルゼンチンババア

[日] 吉本芭娜娜　著
[日] 奈良美智　绘

李萍　译

上海译文出版社

图字：09-2009-655号

图书在版编目（CIP）数据

阿根廷婆婆／（日）吉本芭娜娜著；（日）奈良美智绘；李萍译. —上海：上海译文出版社，2022.10

ISBN 978-7-5327-9118-7

Ⅰ.①阿… Ⅱ.①吉… ②奈… ③李… Ⅲ.①短篇小说—日本—现代 Ⅳ.①I313.45

中国版本图书馆CIP数据核字（2022）第182581号

阿根廷婆婆

［日］吉本芭娜娜／著 ［日］奈良美智／绘 李 萍／译
责任编辑／姚东敏 装帧设计／汐和 at compus studio

上海译文出版社有限公司出版、发行
网址：www.yiwen.com.cn
201101 上海市闵行区号景路159弄B座
上海雅昌艺术印刷有限公司印刷

开本 787×1092 1/32 印张 2.5 插页 17 字数 17,000
2022年12月第1版 2022年12月第1次印刷
印数：0,001 — 8,000册

ISBN 978-7-5327-9118-7/I·5664
定价：45.00元

镇上居民多是世代居住于此，加之大都为人和善，于是对小镇边缘有这么一处破屋，破屋里面住着一个稀奇古怪的女人，也就听之任之了。

誰もいない
石屋

冬日的天空、面前三层的旧楼，还有繁茂的如同森林般的庭院。草木那甜丝丝的味道中夹杂着猫尿的刺鼻气味，冬日的空气像一道结界，散发着清冷的光辉，把这里笼罩其中。鸟儿在高声鸣叫，恍如歌声，又恍如笛音。

ユリ

3階へ
は生活の場です
ユリ
わたし
3rd Floor
2Fは シャワーと
洗たく機と
本の山と台所
猫のにおい
1階は、元スタジオ 今は物置

的，我也不好问她，

百合用一个旧塑料茶盘托着茶杯走进来。

搪瓷茶杯里泡的是奶茶，不知里面的奶是什么时候的，我也不好问她，只是抿了一口。并没有坏味，只是像放了一大堆砂糖，甜得舌头发麻。

スリッパの音・・・
やるときは
やるからな
しんちゃん、いとこ

那时的母亲满脸洋溢着笑容，是那么兴高采烈，卷曲的长发在风中飞舞，就像一个女学生。她一只手摁住帽子，看上去是那么优雅，美丽极了。

曾经的那个小男孩，一定就隐藏在面前这个胖得像玩具熊一样的男人体内某处，却再也见不到了。

改变，想必一定也同样发生在我的身上吧。

只有在院中拨开灌木默默前行的这片刻，时间仿佛回到了令人怀念的从前。

可那里的环境太不适合小孩成长了，于是百合死后，我和婶婶还有堂弟去帮忙简单收拾了一下。我们什么东西都没有扔掉，全都好好保存着。除了换了台冰箱以外，其余我们做的就只是擦洗擦洗、掸掸灰尘之类。婶婶受不了那里那么脏，之后就再也不肯去了，不过她倒是很乐意帮忙照看弟弟。

阿根廷婆婆

母亲去世的时候，我的平凡世界消失了。

许许多多一直隐匿于幕后的东西突然间显露了出来。

原来人真的会死，每一个自以为普普通通的日子刹那间变得面目全非，而心中的那些漫长无聊的感觉其实全都是错觉。

即便身处这深深的哀叹之中，每天倒也有新鲜的发现。

那一年，我十八岁。

在那段难熬的日子里最重要的一刻，父亲他竟然逃开了。

我父亲是个地道的石匠，从事墓碑、庭院观赏石的雕刻工作。记忆中的他，总是在作坊里忙碌。自打中学一毕业，他就加入了干手艺活这一行的大军，住在作坊里跟着师傅学手艺。年纪轻轻就自立门户，能从师傅那里接到生意了。然而，时代的浪潮不断冲击着他那种传统的生存模式。

手工雕刻方式本身已经完全过时了。如今，石料可以直接进口加工好的成品，不必特地跑到产地去；工匠也都是采用外聘形式，只要有机器，无论是谁都可以进行石料的切割打磨。父亲常常感慨：过去可都是要先从看石料开始的，挑石头要根据墓地的大小，甚至连墓地里种什么树都要考虑在内。然而，他所历经的那个石匠的时代，那个石匠是必不可少的职业的辉煌一时的时代已经结束了。

如今墓碑价格大跌，甚至出现了量贩店的销售形式。

尽管如此，父亲不借助机器坚持纯手工的做法仍然得到了一部分人的认同，直到前一阵子还见他在专心致志地打凿石碑。

我母亲是父亲师傅的女儿。他们俩最初几乎闹到要私奔的地步，后来因为有了我才得到了家人的谅解。家里给他们盖了房子，又把作坊传给了父亲。父亲因而无需改变自己去迎合现代社会，这对于匠人脾气的他来说无疑是一件幸事。

母亲住院后，即便工作再忙，父亲早晚都会提上母亲爱吃的蛋糕或是水果跑去医院。可是，母亲去世的那天早上，他却睡过了头，没有来。

我想，父亲一定是料到了。

在前一晚就已经有所觉察。

却不敢面对，逃走了。

因而错过了一份大礼。

为此，我曾有一瞬恨过父亲，但现在已经完全原谅了他。

我是家中的独生女。目睹母亲死亡这一经历给我带来怎样的影响，我无法用确切的言语表达，然而从此我的眼中永远地多出了一抹光彩。当我面对镜子时，可以看到镜中的自己眼神里前所未有地蕴含着一种强大的力量。

因此，我想我一定是得到了一份大礼，那是撕心裂肺的痛楚、令人牙根咬合不拢的恐惧，以及在医院昏暗的走廊中看到的那些一辈子难以忘怀的景象换来的礼物。

母亲的灵魂离开躯体后，望着她那冰冷的身体，我不断在想：母亲就是乘着它走完人生之旅的。

于是，我也像保养汽车那样爱护起自己的身体来。比如：汽油用高辛烷的还是标准型号的；越野能力强不强；下雪了怎么办；喷什么漆好；高油耗的燃料有哪些，会造成怎样的负担。像这样，把自己的肉体想象成汽车，凡事就好理解多了，我甚至变得比以前更健康了。

小镇边缘有一幢几近荒废的旧楼，很久之前就有一位大婶住在那里。在我很小的时候她就是大婶的年纪了，现在想必应该称她为“奶奶”了吧。

小时候，我们管那幢楼叫“阿根廷楼”，管住在那里的那位大婶则叫作“阿根廷婆婆”。

名字的来历是缘于当时那位以浓妆异服闻名的“阿根廷婆婆”在那里教授阿根廷探戈与西班牙语。

听说后来没了学生也没了教课热忱的阿根廷婆婆人变得古里古怪，在房顶辟一块菜地，过起了自给自足的日子。这些是全镇人都知道的事情。

大家都在盛传，说她很久以前曾在阿根廷当地学过探戈，还猜测说她没准儿有一半阿根廷血统。

路过那里的时候，经常看到她的身影在繁茂的草丛那边晃动。偶尔也会见她提着超市的购物袋出现。女巫般的鹰钩鼻，凌厉的吊眼梢，瘦削的身体，总是穿得破破烂烂的。

也有传言说她吃猫，不过最终证实她只是养了一群猫而已。她也出来倒垃圾，也和人打招呼，最主要的还是因为那片土地归她所有（据说是从事南美贸易的父亲留给她的）。镇上的人决定不再理会她，孩子们也不再偷偷潜入她家搞恶作剧。因为听说她有亲戚是什么大使或者阿根廷警察高层之类的，家长不准孩子们去生事。

镇上居民多是世代居住于此，加之大都为人和善，于是对小镇边缘有这么一处破屋，破屋里面住着一个稀奇古怪的女人，也就听之任之了。

母亲死后不久，我听到不是旁人，竟是我自己的父亲出入阿根廷婆婆那里的时候，捧腹大笑不止，甚至笑翻在地，几乎笑出了眼泪。

还跟打电话来通风报信的朋友议论。

“说的可是那个阿根廷婆婆呢。”

“怎么可能！他能和阿根廷婆婆好上了？”

“不管怎么说，她可是咱镇上的大名人阿根廷婆婆呀。”

说完，我们俩又都嘎嘎大笑。

笑完挂断电话，心里不禁还是掠过一丝不安。

那时我并不住在家里，而是借住在同镇的离我念书的私立学校近些的婶婶那里。

不过，因为担心父亲一个人生活，我还是时常回家看看。

那一阵子父亲的确经常不在家，手头似乎也没什么生意。

自从母亲死后，他的精神一直有些抑郁。我想，反正他也有积蓄，就暂且让他一个人清静清静好了。

记得最后一次在家中见到他的时候，他吃着我做的乌冬面，不知怎的突然冒出一句："美津子，你知道曼陀罗吗？"

"知道啊，上回还在上野看过展览呢。"

"类似的东西，世界上到处都是呢。"

"是吗？"

"我不是一直在凿石头吗，慢慢觉得有些明白曼陀罗了。石头是来自大自然的东西，或许是它让我有所领悟的吧。"

说这话的父亲一脸认真的神情。

“那你明白些什么了？”

我隐隐有些不安，问他。

“宇宙不是平面的，也没有时间，是一层一层的好多层。一层层的，就像装着机关的盒子，时间什么的全都藏在里面，一个连着一个，道理讲不明白，画也很难画出来。不过，它的每一部分都是和其他部分相通的，在最最深处的空间，是无穷无尽重叠在一起的。硬要表现的话，不就是曼陀罗那样了？”

父亲自打十几岁拜师学艺，直到接管师傅的作坊，每天都是在苦修中度过。他很少看书，电视也仅局限于古装片。真不知道他是受了什么影响讲出那番话来的。

想他年轻时，对师傅唯命是从，每天都奋战在工作现场，嘴上捂着毛巾，四周是飞溅的石屑，只有睡前才能泡上个澡喘口气。独立门户后，每天又是奔走于客户之间，要雇工人，要管理，偶尔才能去喝上一杯……这就是父亲的人生，应该完全没有抽象思维介入的余地才对。

“爸，你说起话来像霍金呢。”

其实我也只是一知半解。

“霍金是谁？外国人吗？”父亲问我。

此时，宇宙空间与曼陀罗的艳丽色彩不断在我脑海中盘旋。

父亲该不会是脑筋出问题了吧？想到这里，作为家中独生女的我不由心生恐惧。

我眼前浮现出为探视父亲而奔波于养老院和医院的自己那孤单的身影。

后来想想，觉得自己真是奇怪极了。

为什么首先关注的不是父亲的精神失常，而是马上联想到不着边际的养老院呢？

亲人的心态原本是应该根据病人的病情每时每刻做出相应的调整才对。怎么心里竟会一下子蹦出这样的念头来呢？

一定是看到自己所爱的人发生改变而产生的恐惧之心

在潜意识里作祟吧。

想像中把父亲送进养老院，也就如同已经把父亲的一部分，父亲与自己的关联以及相关那部分的父亲的灵魂事先埋葬起来一样。

过去人们所谓的诅咒不正是如此吗?

而这种可怕的事情是在不觉间悄然发生的。

如此想来，死前的好长一段时间，人其实都已经不再拥有完整的自己。

直至临死前的瞬间，其人都还在呼吸，可是由于周围人所施的这种小小的诅咒，在周围人心里，老早老早他就已经形同死亡了。

母亲的死因事发突然，表现得并不明显，可那也只是我和父亲自欺欺人地坚信“母亲是不会死的”，偶尔使情况得以改观而已。

直至临死前的最后一刻，人都是活着的，决不能早早将他们在心中埋葬。

这也是我从阿根廷婆婆那里学到的。

阿根廷婆婆真名叫“百合”。

因此，每当我在花店门前看到百合花时，眼里就不禁泛起泪光。

随后，我一定会微笑。

较之感伤与思念，脑海中更多回忆起的是快乐的往事。无论此时是怎样的天气，无论此时身处何等嘈杂的街头，都会奇迹般地有一缕清风拂过我的心头。

宛如有片温暖和煦的光芒照耀着我，一股幸福的暖流瞬间涌遍全身。

对往事的追忆与对如今自己真实存在于这里的莫名感动萦绕着我，这片光芒将淤积在我体内的寂寥之情彻底冲刷干净。

父亲擅自结束了石材店的生意，大约是在母亲去世半年后的那个冬天。

那是一个晴朗而干燥的冬天。

我是从邻居太太那里得知父亲不干了，还听说他给各相关部门以及客户们都写信做了通知。原本近来就生意惨淡，没完工的活也都很顺利地委托给了可靠的同行。

这之后的一天，原本在母亲名下的一大笔钱突然间转到了我的定期户头上，我连忙打电话回家询问，可是家里的电话已经停机了。

于是我匆匆赶回了家。

小时候，作坊是在附近一户人家的一楼，相当宽敞。其他工匠下了班会顺路过来打个招呼，邻居路过时也会进来寒暄几句。里面总是一派热火朝天的繁忙景象。后来渐渐衰败下来，事务所里只剩父亲一个人，作坊也改在了家里，最多只是偶尔有人来帮帮忙而已。

尽管如此，我还是喜欢看父亲工作时的样子。母亲每天都来送几次茶，父亲很少让母亲把茶搁在那里等他忙完再喝，他总是停下手里的活儿，于是在厨房里会隐约听到他们俩的闲聊声。这也是我最爱的时刻。

然而，家里没了父亲，弥漫着一股荒废的房屋所特有的荒凉与冷清。父亲的作坊里墓碑一块也没有留下，工具也都不见了踪影，当然，停车场上汽车也不在了。

房间里还是老样子，母亲没有扔掉的旧烤面包机、带花纹的热水壶都悄无声息地隐身在昏暗的厨房里。

结束了。这里的一切一切我都不再拥有。我再也控制不住自己。

我是他的亲人，他却商量都不跟我商量一声，想到这里，我不禁伤心地哭起来。

哭的同时，脑海一角也另有一个冷静的声音响起："父亲他就是这样的人啊。"

父亲不是那种心思缜密的人，应该不会想到这么做会令我伤心。

这个念头逐渐占据了上风，思来想去后，我最终确信：他一定是去了阿根廷楼。

母亲生前，父亲一切都靠母亲打理，也从未搬过家，刚搬的家一定是乱糟糟的。他一定是想过后再告诉我电话，加上又不好意思说他搬到了一个女人家里，就这样一再拖了下来。

肯定是这样的，我哼了一声。

真够让人烦心的，我才是个高中生啊，虽说念的是私立学校，大都可以直升女子大学，可也不能不顾虑自己的成绩。

若是母亲在世，这些事情我是连想都不会去想的。

此时我的内心里，一方面感到从未有过的极度自由，而另一方面却是压得我透不过气来的无比孤独。

我也隐约有种预感：实际情况未必有想象中那么糟。

幸与不幸，是可以凭人的直觉感知的。

父亲他其实并不是像周围所传，受不了失去伴侣的打击而变得神经兮兮，结果给阿根廷婆婆骗了，他是在用另外一种截然不同的方式审视着自己的第二人生……我开始萌发出这样的预感。

一天，我终于下了决心去阿根廷楼一探究竟。

那里没有电话，我只得贸然前往。

透过那扇歪歪斜斜、锈迹斑斑的大铁门，我看见父亲的小卡车胡乱停放在里面。果然被我猜中了。我有些后悔来了这里。大门、庭院、楼房都还是小时候所见的样子，没有任何改变，依旧仿佛一片远离尘世、让人难以接近的废墟。真想就此转身回去。门里的那幢楼离得并不远，可是在茂密的草丛的阻隔下显得似乎遥不可及。草丛中还有许多长着棘刺的藤蔓。

里面有如同原始植物般高大的苏铁树，不知是怎么长成那样的，还有柿子树，枯萎的秋麒麟草等等，都密密麻麻地缠绕在一起。因为正值隆冬，到处都覆盖着枯叶，灰蒙蒙的一片。不过，也并不全是枯叶掩埋下的落魄景色，还有给庭院增添亮色的山茶花，角落里还种植着梅花、樱花。那边的芦荟长得十分繁茂，芦荟茎足有小树粗细，上面绽放着串串红彤彤的小花。

几株正在盛开的玫瑰星星点点分布在庭院正中。或许正对大门的这条路的两侧过去是玫瑰园吧。

不知那是什么时候。

那时那些玫瑰错落有致，被修剪得漂漂亮亮，把这里装扮得宛如梦幻中的城堡。

而如今，这里只剩下大幕落下散场后所特有的冷清与恬淡，紧紧萦绕着我。

门上挂着锁，我索性从上面翻了过去。在大门的嘎嘎作响声中，我一跃来到院子里。

粉的、大红的玫瑰花开在冬日蔚蓝的天空下。我仰头久久凝视着那些足有一人高的玫瑰，看着它们弯曲的枝干，还有花瓣凋谢后的花托。枯草的气味中，有淡淡的甜香飘来。

大衣、手套、围巾的全副武装这时派上了用场，我好不容易才穿过了那个脏乱而又阴暗的庭院，按响了玄关的门铃。

门铃像是坏了，许久也没有人出来。

如果换作平日，此时我心里应该多少有些忐忑，可是站在这废墟般的玄关前，心情却异样地平静。

我就这样一直等着。

冬日的天空、面前三层的旧楼，还有繁茂的如同森林般的庭院。草木那甜丝丝的味道中夹杂着猫尿的刺鼻气味，冬日的空气像一道结界，散发着清冷的光辉，把这里笼罩其中。鸟儿在高声鸣叫，恍如歌声，又恍如笛音。

在遥远的那边，是我生活着的日常世界，那个车来人往、房屋林立，繁华喧嚣的世界，那个有着大型超市，有着琐碎生活的世界。

而这里却好安静！只要从这里迈一步进去，所有一切都将归于平静。我似乎理解了父亲为什么会来这里。

过了有十分钟，我终于回过神来，想起现在不是发呆的时候，于是握紧拳头敲起门来，敲了一遍又一遍。

“来了。”

一个温柔的声音传来，脚步声随之响起。

“吱”的一声，阿根廷婆婆打开了门。大大的鹰钩鼻，鼻孔是三角形的，眼圈四周描着粗粗的眼线，嘴唇涂成了热烈的火红色，身上是一件黑色的旧毛衣裙，还戴着一条仿珍珠项链。

“你是美津子吧。”

说完，穿着那件又脏又臭的衣服的她一下子把我搂进怀里，紧紧抱住了我。我能感觉到她衣服下那纤细、瘦骨嶙峋的身体。

“妈妈不在了，真是难为你了。好了不起的孩子啊！难为你一个人受苦了！常听你爸爸说起你，夸你能干，觉得咱们像是早就认识了。我一直想等见了面，一定要这么搂着你告诉你，你真是个了不起的孩子啊。”

她一边念咒语般地说着，一边温柔地抚摸我的头顶。她的衣服上混杂着霉味、阳光、尘土的味道，还有人体汗液的气味。

我被她搂得快喘不过气来，眼里却莫名涌出了泪水。

“我爸他在这里吗？”

我没有掩饰我的泪水。

阿根廷婆婆也落了泪。

“看到你，我一下子想起我妈妈去世那时候了。”她说。

没想到接下来她的话竟然和我心中所想的一模一样。

“那时候，我得到了一份享用一生的大礼，可是，我还是难受死了，那可不是件好受的事啊。”

说完，她又紧紧抱住我。本以为眼泪已经哭干了，竟又滴落下来。童年的往事一件一件浮现在眼前。和母亲一起去赶海，和母亲一起去捡银杏，仰头看到的母亲的下颌，依偎时的感觉……不知什么时候，我竟像个孩子一样抽抽噎噎地哭起来。

我们俩就这样站在玄关前相拥而泣，不觉间难闻的气味似乎也消失不见了。

这真是场奇怪的见面。不过，我和她的距离似乎因此一下子被拉近了。

转念想到万一她嫁给了父亲，也就成了我的继母，还是谨慎些为好。也不知她国籍到底是哪里，再者也不能当面叫她“阿根廷婆婆”，于是，我作出一副若无其事的样子问她：“请问，您怎么称呼？”

“叫我百合好了。”

她微笑着回答我，并没有告诉我姓什么，这样还是猜不出她的国籍。算了，以后再慢慢问吧。这样想着，我也红肿着眼睛，向她还以微笑。

“快进来啊。”

她动作十分夸张地把我领进屋里。屋子里除了一部分生活空间之外，简直就是一处废墟。对于待惯暖气房间的我来说，这里出奇的寒冷。屋外的寒气也一定从混凝土墙壁那边悄悄潜了进来，连地板都是冰凉的。

我跟随她来到了三楼。

地上铺着一块块地毯，地毯上粘着一层不知有多少年头的毛发，还散发出一股猫尿的骚味。猫毛和头发纠结在一起，团成一个个灰球，到处都是。房间并不算凌乱，只不过物品太多，加之又都略有些脏了。

父亲就坐在房间的最最里面，像一只躲进洞里的田鼠，身上裹着一块块五颜六色的花布，正缩在被炉里取暖，样子很是狼狈。

“是小美你啊。”

“至少也该告诉我一声啊。”我责怪道。

“是我不好，是要告诉你来着，可懒得什么都不想干。”

和母亲去世时相比，父亲脸上有了血色，眼睛里也有了光彩，这让我略微感到一丝欣慰。

“算了。”

说完，我在父亲身边坐下。被炉也是臭烘烘的，我鼓足好大勇气才把脚伸了进去。

空气里的那股怪味渐渐似乎没那么刺鼻了。

怪不得想不起跟我联系呢。暖和过来之后，我完全体会到了父亲的那份慵懒，连我自己都懒得不想动了。

“哪好意思说啊。家里那口子没了，都这把年纪了，还住到别的女人家里去。这种事怎么跟自己女儿开口呢？”

“偏偏选她。”

我不作声了。

“我原本不想说的，你都成了全镇的笑柄了呢，都在笑你找了阿根廷婆婆。”

“随他们说去，自己觉得幸福就行了。”

父亲略微抬头，看着不远处的上方说。

上面只有满是污渍的黑乎乎的天花板。是这样啊，对于父亲而言，幸福就在那不远的上面吗？我莫名为之感动起来。

“茶来了。”

百合用一个旧塑料茶盘托着茶杯走进来。

搪瓷茶杯里泡的是奶茶，不知里面的奶是什么时候的，我也不好问她，只是抿了一口。并没有坏味，只是像放了一大堆砂糖，甜得舌头发麻。

茶杯里积的茶垢怕是有二十几个年头了吧，杯壁都染成了深褐色。

“你真是很爱惜东西啊。”

看着像旧货仓库的房间，我这样说。虽然是白天，但东西堆得到处都是，房间显得有些昏暗。四下里点着灯，那些灯看起来既不名贵，也谈不上精致，都是不知用了多少年头的老古董了。

“是啊，都是我小时候的东西。我一直修修补补地使着呢。”她微笑着回答我。

看着被炉桌板裂缝处贴着的一层层胶带，可以想象出所谓的“修修补补”不过是用胶带粘粘，或是用布条绑绑之类的。

“都是跟了我好多年的东西呢。”

说这话的她，一脸骄傲的神情。虽然她头发是乱蓬蓬的，袜子上满是起的毛球，但不愧曾跳过探戈，举止很是优雅。这使她看上去具有一种很特别的韵味。

“有空教我跳探戈吧。”

“好啊，没问题。你爸他最近也在跟着我学呢。”百合笑着说。

这时，我正喝第二口茶，听她这么一说，茶不由都喷了出来。

“我们一起跳呢，在满月的夜晚，屋顶上，伴着音乐。是吧？”

“嗯。”父亲也在一旁随声附和。

我想象不出跳舞的父亲是什么样子，久久无法从惊讶中回过神来。这到底怎么了？是爱得发疯了吗？

或许这才是真实的父亲，现在的他只是把由于职业关系而长期禁闭在内的东西释放出来而已。

父亲常说曾想当个雕刻家。

或许假如人生的某个齿轮错位了的话，父亲会在巴黎或什么地方，和百合这样的女人过着现在这样的生活吧。

“对了，领你去屋顶看看吧。”

说完，百合又对父亲说：“也给美津子看看你的杰作。”

我刚一动念头，百合就会马上把话题引向那里。这情形从一开始就是如此。

她似乎能看透我的心思，这让我觉得有些怪怪的。

继而我又想：这里的一切，经过这漫长岁月，已经和她融为了一体，因此，她能看透我的心也不算什么，是再自然不过的了，也正因如此，才有萦绕在这里的这份淡定与喜悦，这份与那些被定格在逝去繁华岁月里的物品一起，悄然渺小地存在着的喜悦。

屋顶有许多花坛，构成了一个小小的院落。的确也有几处种着蔬菜，菜是种在大号花盆里的，有很多品种，确实像个小菜园。不知施的是什么肥？想到这里，我有些恶心，可看看那些从黑黝黝的土壤里露出头来的碧绿碧绿的青菜，又觉得一定很美味。苦瓜的枯叶紧紧缠绕在屋顶的栏杆上，想必夏天一定有很多收获。

角落里晾晒着些衣物，不知晒了多久，都只是很随意地被搭在绳子上，在风中舞动着。

向下望去，冬日的街道沐浴在午后明媚的阳光里。可以眺望到很远处，只不过茂密的“树林”有些遮住了视线。这所房子本身并不高，看起来周围的建筑都相差不多，可是，可能是处于小镇边缘的缘故，远处的房屋白茫茫的，恍如另一个世界。

屋顶正中放着我所熟悉的父亲的工具箱，也只有那里还留有父亲以往生活的印迹。

我不禁心生感慨：只有等到物是人非之后，人才会懂得怀念。

一个念头突然一闪而过：父亲的这段爱情，或许并不单纯是源于母亲去世后的颓废，也并不单纯是坠入爱河，而是缘于父亲对人生的愤慨吧。他是想与之前的人生做彻底的诀别。

或许那些因为选择了如今的人生而被舍弃的种种因素，正汇成一股巨大的能量，在父亲体内萌动着。

父亲的人生完全背离了预期的轨道。在这个一切都处于激荡变革的时代，他心中所描绘过的未来一件也没有变成现实。现在都是工厂雇用匠人，从接订单到墓碑完工也都按阶段实行承包，过去那个一块墓碑从头到尾都由一个人打理的时代已经一去不返了。

还有和母亲白头偕老，隐退后含饴弄孙、颐养天年，这些原本看似顺理成章的生活也都全部湮没在了时代的洪流之中。

如此一来，对父亲而言，失去母亲之后仍能支撑他继续以往生活的动力已经丝毫不剩了。

屋顶地面上有一幅奇异的图案，是用各种颜色并不太艳丽的鹅卵石拼起的，像是一幅巨大的曼陀罗画。

屋顶那一角用砖垒了起来，里面一块块鹅卵石被工工整整地拼接在一起，旁边还堆着些水泥袋、黏合剂之类的东西，像是最后要浇筑水泥。整个屋顶残损的水泥地面只有那个角落凸显出来，显得很是古怪，但一看就知道并不是随意的涂抹，想必技艺高超的父亲一定为此颇费了一番心思与工夫。

“这才干了一半，最后还要把接缝都黏起来，不然经不住风雨。”

父亲接着又说：“我要用马赛克在这里重现我所看到的曼陀罗。”

图案中是一个又一个的圆圈。

“这个圈是我们普通人的世界。从这儿往外，空间的色彩逐渐变淡，虽然颜色变淡，密度却变大了，虽然透明，却更强大了。这儿是植物的世界，这儿是守护地球的透明人的世界。”

父亲一一做着解释。

“是吗……下次再详细说给我听吧。”

我含含糊糊应付着，内心却也对父亲那么执着于上次所说的话感到震惊。看来他是认真的。

“知道跟你说你也听不明白，所以我才弄了这幅画。”父亲说。

“哦，是吗。”

“我还给你妈凿了块碑。”

垂叶榕的树荫下，有一块墓碑。

小小的，海豚形状的白色墓碑。

雕刻海豚对于父亲来说应该根本不在话下，可他凿成了一只卡通小海豚，而且还俏皮地笑着。

“爸你真是的……”说着，我的泪水流了下来。

“你妈她喜欢海豚啊。再说，方方的墓碑多无聊。”父亲笑着说。

小时候，我们一家人曾一起去过南方的小岛。在那里，母亲有生以来第一次看到成群的海豚跟随在我们船旁。

“快看，海豚跟着我们呢。”

母亲兴奋极了，不停朝海豚挥手。

那时的母亲满脸洋溢着笑容，是那么兴高采烈，卷曲的长发在风中飞舞，就像一个女学生。她一只手摁住帽子，看上去是那么优雅，美丽极了。

此后，只要一有时间，她就会拉着我和父亲去水族馆看海豚。

母亲留下来的照片，也几乎每张都有海豚。她不喜欢照相，可只要是和海豚一起她就愿意照。因此，比起与家人的合影，母亲的照片更多的是与海豚的合影。照片中的她总是在水箱前，为了想方设法和海豚一起收入画面而拼命摆出各种奇怪姿势，而脸上是一脸笑容。

甚至连一直夹在我笔记本里的母亲的照片也是以水箱里的海豚为背景的。供在佛前的遗像里竟然没有出现海豚，这都让我觉得不可思议。

“可是爸，要是把家里的碑换成这个，那爷爷奶奶、大家不都成埋到海豚墓里了？”

“怕什么？我可是长子。”

那只滑溜溜的小海豚，在午后的阳光里笑着。

此时的我，完全原谅了父亲，原谅了母亲去世时他没有到场。

“不在场反而更加难过啊。”我听到那只小海豚这样大声地告诉我。

“在我长大的那个国家，有一大片这样的遗迹呢，是过去传教士和丛林里的居民一起建造的。”百合说。

“海豚的遗迹？”我问。

“不是的。”她笑了起来。

“是一座巨大的方形建筑，像这个楼一样。四周是一大片一眼望不到头的绿色草原。”

听着她的描述，我眼前也仿佛出现了这样一副画面。

阳光下，一片广袤无垠的青草地宛如波涛一样，连绵起伏。上空，是浓得让人窒息的蓝天。

而眼前现实却只有灰蒙蒙的天空下日本的街道。大街上车声鼎沸；房屋拥挤不堪，不断被翻新，被重建；一切都乱糟糟的。

想她从万里之遥的那边来到这种地方，不由替她难过起来。

此后，我时不时拿上些肉、牛奶、大米等慰问品去探望他们。这也是因为身为他们的家人，我有责任这么去做。

不过，我也担心和百合交往久了，说不定哪天也会变成父亲那样，所以大都隔上几天才去一次。

这样隔三岔五去一次，每次去之前，都像人大冬天一下子脱光衣服跳进温泉里那样，需要拿出相当大的勇气。

那里的阴暗、发臭、脏兮兮的房间，还有污浊的空气……

不过只要待上五分钟就会慢慢习惯，后来甚至连在那里吃饭也不成问题了。“我每周都会在那里做顿晚饭吃呢。”虽然这话我对朋友还是说不出口，但其实只要习惯了也并没有什么大不了的。

天很冷了，可父亲每天还是花一些时间弄他的马赛克曼陀罗。

然后，到了下午茶时间，他会伸个懒腰，心满意足地走下楼来。

以前刻碑的时候，他也总是如此。我能够从中深深感受到：对于父亲而言，工作并不是为了赚钱，工作就是他的人生本身。

而对于我来说，最幸福的莫过于在雪花纷飞的大冷天，炉子上烧着热水，我们三个人蜷缩在被炉里喝喝茶，吃吃点心、煎饼。

只有橘黄色的炉火在熊熊燃烧，猫缩成一团打着瞌睡，我也是迷迷糊糊的，时而睡着时而醒来。

醒来睁开眼看看，百合也在小睡，父亲则在一旁悄无声息地翻看历史小说。

此刻的我，心情平静如水，可以任由思绪带我回到从前，在想象的空间里，一遍又一遍推开曾经的那扇家门。

门反反复复地开合，在我心中连成了一道美丽的弧线。

那里是我小时候住过的家。

那里有母亲，她穿着拖鞋咯吱咯吱走过，父亲则在作坊里忙碌着。

那个家已经不存在了，可恍惚间似乎还能拉开抽屉拿出里面的东西来。那儿搁着水壶，那儿摆着椅子，那儿挂着围裙……

而所有这一切都已经不存在了。

脑海中仿佛触手可及的这一切，现实中再也遍寻不着它们的踪影。再也不能在那个家里随意跑来跑去；再也不能触摸到母亲的眼镜、凉鞋；再也不能一家三口一起打开那扇家门；再也不能一家人围坐在那张邮购来的巴掌大小的餐桌前。

心中这种种痛，平日里的我是不敢触碰的。

而这里，却可以任由我尽情回忆，尽情抛洒泪水。

尽管并非独自一人，我也可以毫无顾忌地沉浸在我的悲伤之中，尽情舔舐自己的伤痛，直到思绪转移到别处。

我想这是因为阿根廷楼这里，没有一件东西会“死去”，时间在人们的精神力量作用下完全停滞了。流动在这里的是特殊的时间，是没有过去与现在之分的时间。也因此，可以允许我重温那些旧梦。

我有个令人讨厌的堂弟，是我借住的那位婶婶家的儿子，他是个大胖子，又总是阴沉着脸，喜欢自以为是，要不是因为是我堂弟，我才不会搭理他。

虽然他已经不住在家里，可每次回家碰上婶婶不在，他都对我动手动脚的。

于是惹得我一次次大叫，有一次甚至报了警。

来的警察是从小看着他长大的，结果把他狠狠教训了一顿。自此以后，他学乖了，送给我一句"你真是该出手时就出手啊"，便不再纠缠我了。

这个堂弟偶然来玩时，对我父亲的离家表现出了极大的兴趣。

于是，有一次我带他一起去了阿根廷楼那里。

“哎呀，好脏！”一到大门口他就叫起来。

“脏吧？刚开始我也受不了呢。”

此时已是春天，草木都焕发出勃勃生机，鸟儿们纷纷飞来造访，树木都长出了嫩芽，土壤被太阳晒得松松软软的，空气里弥漫着泥土发酵后的甜香。猫儿一只只躺在那里晒着太阳，到处开着的蒲公英，为大地点缀上点点鲜艳的嫩绿与橘黄色。梅花已经谢了，但仍有零星或红或白的小花挂在油亮的枝头。

樱花像是马上就要开了，花苞鼓鼓的。

我们拨开草丛，一步步艰难地向前走。这时，我忽然记起小时候也曾和堂弟一起这样玩过。

那是在盂兰盆节的乡下吧，那时的他还是一个天真无邪的小男孩，我们俩一起疯玩了一整天，还一起在那个盛夏烈日下的院子里，伴着聒噪的蝉声吃西瓜，还一起睡午觉来着。

那时候的他没这么胖，也没这么令人讨厌，是一个很乖巧可爱的小孩。

曾经的那个小男孩，一定就隐藏在面前这个胖得像玩具熊一样的男人体内某处，却再也见不到了。

改变，想必一定也同样发生在我的身上吧。

只有在院中拨开灌木默默前行的这片刻，时间仿佛回到了令人怀念的从前。

“小新来了啊。”

父亲正戴着老花镜坐在窗边给猫捉跳蚤，看到堂弟，笑着招呼。

“叔叔，你真行啊，又新交了个女朋友。”

“哎呀，来了个年轻人呢！最近这儿可热闹多了，像是回到了从前，我真是太高兴了！”

百合还是像往常那样，带着满身猫毛走了进来。春天来了，天气变暖了，连房间里的灰尘，还有她衣服上的毛球也似乎更加活跃起来。

“哇噻。”堂弟低低惊呼了一声。

“初次见面，你好，小新。”百合向他打招呼。

“阿根廷……您那时在我们小孩中间可有名呢。能到这里来，我真是很荣幸。”

我在一旁提心吊胆地听着，还好他说到这里就打住了。

随后，我们几个人来到屋顶，那幅曼陀罗已接近完工。色彩虽然并不艳丽，却反而奇异地营造出一种震撼人心的力量与素朴雅致的韵味。父亲用一块块小石子镶嵌起了那一层层圆圈，镶得如瓷砖表面一般光洁。

“正中间——宇宙的中心是什么啊？”堂弟问。

“百合。”父亲没有丝毫犹豫。

听完这话，我脸红了；百合抬头望着天空没有在听；堂弟吹了声口哨。

因为是春天，原本放被炉的地方摆上了靠垫、毛毯，被炉的桌板还放在中间，可以供人小憩。不过，要把头或腰靠在靠垫上，也需要相当的勇气才行。

被炉主体部分并没有收起来，只是斜靠在那边的墙角。

“叔叔你看起来过得不错啊。”

“哦。”

“婶婶死了，本来我担心你也活不下去了呢。婶婶人那么好，还是我小时候的梦中情人呢。”

好久没听到堂弟这样率真地说着与他年龄相衬的话了。

说起来，也是自打父母离婚他跟着父亲生活之后，人才变得怪里怪气的。

比如，他总是看些黄色杂志，或是印有色情照片的漫画书。认都不认识，却爱胡乱对杂志上的那些人品头论足；总说我丑啊丑的，可我一穿短裙，就会盯着我的大腿看。这种讨厌鬼也会受伤啊。想到这里，我心里竟有一丝酸楚。

我暗自猜想，或许我和他妈妈住在一起这件事，也多少让他心情有些复杂吧。

“是吗。”父亲回答。

“女人这方面，你们两个都很有眼光呢。希望小新你也能喜欢上我。”说完，百合朗声笑了。

“百合，去弄点方便面来吃。”

“好的好的。”

他们两人一唱一和，俨然一对夫妇。作为母亲亲生女儿的我，却不可思议地没有丝毫异样的感觉。恐怕堂弟也是相同的感受吧。这或许是因为百合独特的风韵，还有这楼内的世界过于远离现实的缘故吧。

也或许因为父亲是那么的自然，从他身上能够感受到一种解脱感，那是终于能够与某人相伴、一切尘埃落定后才有的轻松。

“怎样才能找到个好女人呢？”堂弟一边嘬着方便面，一边问。

“得像我这样长得帅才行，还得通晓宇宙的神秘。”

父亲抽着烟回答。

“是吗。”堂弟一脸虔诚。

“你快减肥吧。”我插了一句。

“叔叔，你从前连澡也不正经洗，怎么这么有女人缘呢？”堂弟接着又说，“我可是个很爱干净的人呢。”

“洗不洗澡倒不打紧，胳肢窝还有大腿根儿那儿不干净我可受不了。”父亲说。

“别说那些了！”我打断他们。

“一开始就想着干那事儿可不成，这种人是不会受欢迎的，这可是最要紧的。”百合突然插了一句。

“我有那么露骨吗？”

“是有点儿，不过我不是说你，我是说那样就很难发现谁是自己真心喜欢的人。我妈妈她是个虔诚的基督徒，她总是对我说：‘要想找到自己真正喜欢的人，是不能以性为先决条件的，那种事也只能跟自己所爱的人来做。’”

百合微微笑着。

那微笑总是那么纯真，却又显得高不可攀，总想问她：“您母亲活了多大年纪？”“她是哪国人？”却又没能问出口。

每当她沉浸于对往事的回忆之中时，神情总是那么忧伤。看她那么入神，悲伤中散发着一股让人无法靠近的力量，使人不忍把她拉回到现实中来。

回去的时候，从漆黑的院中回头望去，只见百合站在窗边向我们挥手，她背对着房间里的灯光，那纤细的身体在窗边映出一幅美丽的剪影。

我长叹一声。

那里的一楼原本应该是舞蹈教室吧，现在成了储藏室；二楼是浴室、洗衣机（似乎不太常用）、堆得满满的书，以及厨房；三楼是生活空间；屋顶是菜地和曼陀罗。另外，里里外外不知养了多少只猫，想必也有不少死猫，它们成了肥料，使得花草树木长得那么繁茂。

这里是一个鲜活光彩而又独特的世界，这里，有着走过漫长岁月并将自然老去的生活，有着历史。

第一次来时，我觉得这处老房子就像一座坟墓，然而现在我的想法完全改变了，这里一定是一处遗迹，一处尘封着久远的梦想而依然活生生存在着的遗迹。

“我有些明白叔叔的心情了。”堂弟突然说，“那种生活，或许是男人梦想的极致吧。”

黑暗中，他的声音听起来仿佛穿透了草丛的阻挡，直入云霄，又仿佛是从梦中传来。

更换海豚墓碑，很费了一番周折。要把墓地重新挖开把旧碑挪走，要雇人，还要安排日子请和尚来给新墓碑诵经。

诸如此类的种种琐事终于在跑了一趟趟腿，又请了父亲的朋友帮忙后好歹都顺利忙完了。经也请人来念了，请来的那个小和尚看到是用海豚作为历代祖先的墓碑时，好不容易才忍住了笑。

墓碑落成后不久，我和父亲一起去给母亲扫墓。百合没有来，她回避了。再者，除了附近的超市和电器店，她也几乎是从不出门的。

墓地被整修一新，栽上了杜鹃花，立上了新的柱子，正中央那只胖嘟嘟的小海豚正咧着嘴在笑。

“这个好特别啊。真可惜，我嫁了人就不能埋在这儿了。”

我一边擦洗着小海豚，一边说。

“死后回来嘛。”

“你说得倒好。”

“找个上门女婿嘛。告诉他可以捡个大便宜，死后可以埋在可爱的海豚墓里。”

虽然在洗墓碑，可我怎么也虔诚不起来，仿佛并不是在清洗墓碑，而是在给海豚洗澡。这感觉真好！看，那只海豚竟还在嘻嘻笑着。我心想：父亲会成为一名雕刻家的，现在为时也并不算晚。面前的海豚仿佛被赋予了生命，浇上水它就会游动起来。

父亲也曾说过成为雕刻家是他的梦想。

“住在石头里的神灵指示我要雕刻石头，一直雕刻下去。”

父亲说过希望有一天他能为活着的人雕刻一些东西。不过，他对艺术没兴趣，所以作品只要能摆在店前、公园、墓地，或院子里，给镇上的人带来快乐就好。他还说，之前他是为了死者工作，虽然也有一部分是为了来扫墓的生者，但他工作的主要目的还是为了死者能够安心地在那里睡去。为此，他已经做了很多，已经足够了。今后，他要为活着的人，为他们创造心灵的小憩之所。

祭奠过后，我和父亲静静地走在墓地内的小路上。路面上洒落了一地美丽的樱花花瓣。花儿都谢了，在茶色树干的映衬下，豆绿色的叶子显得分外娇艳。

“樱花这东西是不是也没有实体啊？”父亲突然说。

接着他又说：“真正美丽的女人，人们总是记不住她们的模样。”

“你是指百合吗？”

“哦。”

“说得好美啊。”

我本意是要打趣他的，他却浑然不觉，依旧继续说着：“天天看，可还是不得要领，看不清她长什么模样。脸周围就像这样……”

说着，父亲把两只手举在自己脸边轻轻晃动。

“就像有块面纱遮在她的脸前，这样晃来晃去的，让人隔着看不清楚。”

“是吗。”

“是什么呢？女人的谜吧。”

父亲淡淡说着。

“我妈呢？她也是那样子的吗？”

“刚开始是，不过，渐渐变得越来越清楚，越来越清楚，这就是夫妻吧。”

“难道百合她不一样吗？”

“现在和她还是朦朦胧胧的阶段，正是好时候。”

天空中飘着淡淡雾霭，呈现出一种柔和的浅蓝色。

跳探戈、肉串成串烤着吃、做辣肠……百合归根结底还是个异邦人，然而父亲却从她这个异邦人身上看到了自己思念已久的东西，那令人怀念并永恒的东西。

同样的感觉，儿时我也曾在母亲身上感受到过。长大后，母亲她作为一名女性，面貌变得那么清晰，可在我幼小的时候，那时的母亲却仿佛总是周身笼罩着一层薄薄的轻纱。

百合五十岁。她比我想象的要年轻许多，这算是个好消息吧。

另有一个惊人的消息，那就是她这个年纪竟然怀了孕，还剖腹产生下了一个孩子。

刚听到她怀孕的消息时，我有些愕然，心里很是别扭，但看着大着肚子的她显得那么年轻，又那么幸福，也就渐渐习以为常了。

我也常常自问：自己是不是太容易习惯了？连周围人都这么说我，可我自己就是这样，也没有办法。

于是，以前不愿出门的百合也开始往返于附近的产科医院，快生的时候还住进了镇上最大的医院。她穿着洗得干干净净的睡衣，素面朝天，看上去就是一个普普通通的大婶。没了往日里描画得细长浓重的眉，脸庞也显得娇小可爱了许多，她自己简直也像一个新出生的婴儿。

她生了个小男孩，那个孩子，也就是我同父异母的弟弟，小小的，长得可爱极了。

孩子的户籍落在了我们家，百合说她自己“不适合过那种日子”而拒绝了跟孩子一起落户。不过她写了份遗嘱，把阿根廷楼的土地留给那个孩子。

这让我很是惭愧。我原本一直以为百合看中的是父亲可怜的那点钱。同时，也让我明白了一个道理，那就是对别人的无端猜忌早晚报应到自己身上。说来真是令人羞愧，我竟会对她这样一位高贵而又纯洁的女性心存怀疑，尽管她是那么与众不同，尽管她像是一个谜。细想起来，难道不是她把父亲和我聚集到身边，使我们成为一家人的吗？母亲去世后七零八落的那个家又能重新凝聚到一起，从而获得救助的难道不是我和父亲吗？

产后的百合身体一直没有得到恢复，六年后她猝死于心脏病发作。

与她的最后一次见面，和往日并没有什么不同。她说左胳膊有点麻，于是我帮她做按摩。她头上依旧满是头皮屑，可早已丝毫不能引起我的不快。

“舒服多了。小美你真是个天使，又可爱又温柔，是我的小天使。”

她脸上挂着笑，突然间冒出这样一句没头没脑的话来。

我害羞得把脸埋到她的背上。她的脊背那么温暖，可以听到心脏“咚咚”“咚咚”轻柔的跳动声，那声音仿佛在向我作着最后的告别，是那么温柔。

那声音至今还在我的耳畔回响，仿佛一首摇篮曲。

又仿佛连绵不绝的海浪声。

那时的百合，身上的颜色仿佛在渐渐褪去，一点点融入那昏暗的房子里，融入那古朴的背景颜色之中。

只有那个小生命渐渐凸显出来，色彩变得越来越明亮。我想，这就是生命自然的模样吧。慢慢消融进周围世界的死去，或许是正确的人生。

如今，父亲住在阿根廷楼里，抚养着他们的孩子。

他也老了，轮廓也渐渐模糊，开始消失在背景之中。

然而，无需悲伤，这是再自然不过的事情。

父亲的雕刻，从最初摆放在墓旁的，到后来摆放在庭院里的作品，一件一件开始热销起来。

镇上还决定把他的作品作为振兴小镇的举措之一，摆放在观光道、医院、公园等地。这一方面是由于镇居民会会长是父亲幼时的伙伴，另一方面也是因为父亲的雕刻都是直接利用石头天然的形状加以雕琢的，既生动有趣，价格又便宜，因而受到欢迎。

没了百合，阿根廷楼里越发荒芜起来。父亲他这个人是根本不会打理家务的。

我离开了婶婶家，一个人回到家里居住。也曾几次劝说父亲，让他带着弟弟回来住些日子，可他打定主意要在阿根廷楼里终老。他说：这个家就是百合的墓。

可那里的环境太不适合小孩成长了，于是百合死后，我和婶婶还有堂弟去帮忙简单收拾了一下。我们什么东西都没有扔掉，全都好好保存着。除了换了台冰箱以外，其余我们做的就只是擦洗擦洗、掸掸灰尘之类。婶婶受不了那里那么脏，之后就再也不肯去了，不过她倒是很乐意帮忙照看弟弟。

我偶尔也会去那里打扫打扫卫生、做做饭，可我是不会住在那里的。因为我觉得，那里永远是父亲和百合以及他们的孩子的家。

不过，我常常帮忙照顾弟弟，现在我自己都快变成一个合格的母亲了。我让他管我叫姐姐，而不是叫阿姨。如果将来哪天父亲不在了，我想，我和婶婶会抚养他的。

大学毕业后，我上了一所专业学校。我想等一切都安定之后去欧洲留学，去各地的咖啡馆看看，将来打定主意以此为业后，我会重新装修家里父亲的那个作坊，然后开一家小咖啡店，并请父亲为我制作一幅五彩的马赛克图。

我必须用自己的力量创造出我自己人生的遗迹。

但不管怎样，我都不会离开故土，即便暂时离开我也会回来。因为这里有我亲爱的父亲雕刻的一尊尊石像；有我对母亲的回忆；有阿根廷楼；更重要的是还有可爱的弟弟。或许有一天他会展翅飞走离开这里，我会为他营造一个家，随时等待他回来。

无论是去遥远的异国旅行，还是留下自己独有的遗迹，我想在根源上都是同一种尝试，那就是生命在一个又一个时代中游历，而后消失。人们想借此把自己些许反抗宿命的尝试刻入永恒之中，不过如此而已。

弟弟长着百合那样尖尖的鼻子，他人很倔强，但心地善良。我从弟弟那里得到了许多，数都数不清。只要一想到一个原本根本不存在的人有缘来到这个世上，并把他的爱给予我，我心中就会生出无限感动。

“爸，你知道人们是怎么称呼你这个带着孩子住在这里的大叔的吗？”

一天，在屋顶菜园干活时，我问父亲。

弟弟不在家，上学去了。炎炎夏日里浇水是一件很惬意的事，当然，如果可以不用管地里的庄稼就更好了。我可以一边欣赏着小小的南瓜、黄瓜，一边享受日光。

“当然是阿根廷大叔啦，要不就再加上第二代。”

“完全正确。”说完，我哈哈大笑起来。

“爸，这儿的日子是你理想中的生活吗？”

“我也不知道。不过现在这样子挺不错的啊，以后的事以后再说吧。”

过了一会儿，父亲又说：“我打算把她的骨灰送回那边她亲戚那里，也带着儿子一道去，当然要等那边局势稳定了以后。你也会去吧？”

“当然去啊。旅行手续我来办。不过不知道她还有没有亲人在世。”

“应该有吧。她说起过几次，那边也来过信，告诉过我们地址。”

“我们去看看那里的真正的遗迹吧。”

“嗯，趁着我还能出远门。”

父亲创造的曼陀罗已经彻底完工了。在夏日火辣辣的阳光照射下，一块块晒得滚烫的小石子闪闪发光。屋顶地面灰暗的背景之中，那一整块曼陀罗就那样高高隆起在那里，想必在天上也能清楚地看到它的轮廓。

植物的世界、神的世界、人的世界……父亲所说的那几重世界被抽象成一个一个圆圈，而圆圈中心则是一个小小的女人的画像，一身黑衣，手持百合，脸上蒙着七彩面纱。

每当看到那幅曼陀罗，每当站立在屋顶的风中向下俯瞰，我都会清晰地回忆起那时的一幕幕。

眼前仿佛出现了遥远的异国风景。在那片洒满阳光的大草原上，在那处遗迹的背景中，年轻时的百合抬头仰望着蔚蓝的苍穹，长发在风中飞舞。

“你知道人们为什么要建造遗迹吗？”

曾经有一天，我买来芝麻煎饼，和百合一起在屋顶吃。她突然问我。

父亲当时好像是出门买东西去了。

那是在五月的一个晴天，到处都是在空中随风飘动的鲤鱼旗。

那煎饼的芝麻香，还有喝的牛奶的味道，至今还记忆犹新。我们斜靠在屋顶护栏上，漫无目的地向下俯瞰。微风迎面拂过，太阳晒得全身暖洋洋的。

“不知道。是要为自己留下记录吗？”

年少的我这样回答。

“也有那个原因，不过我想和你爸弄这幅马赛克是出于同样的目的。”

她笑起来。

“那就是希望心爱的人永远不会死去，希望时间永远停留在今天。”

那是人们心中永远怀有的虚无缥缈的祈祷，那是从遥远的天上看起来也都会像项链一样闪闪发光，连神都会为之心动不已的点点美丽的亮光。

她这样告诉我说。